KB201765

목각 인형

황금알 시인선 311
목각 인형

초판발행일 | 2025년 5월 1일

지은이 | 장인환
펴낸곳 | 도서출판 황금알
펴낸이 | 金永馥
주간 | 김영탁
편집실장 | 조경숙
표지디자인 | 칼라박스
주소 | 03088 서울시 종로구 이화장2길 29-3, 104호(동숭동)
전화 | 02)2275-9171
팩스 | 02)2275-9172
이메일 | tibet21@hanmail.net
홈페이지 | http://goldegg21.com
출판등록 | 2003년 03월 26일(제300-2003-230호)

목각 인형

장인환 시집

황금알

길가에 핀 꽃 위에 요정
수염이 하얀 신선
옛 친구와 마음이 머물렀던 여인
상상한 모든 것들이 눈에 아른거리면 멈추어 서서 나는 글을 씁니다.
오랫동안 이어왔던 이야기의 한 조각을 써 놓고 고쳤다 다시 썼다 합니다.
제가 만든 이야기 끝낼 수가 없군요.
누군가 제가 쓴 이야기에 저를 포함시켜 줄 때까지요.
바램과는 다르게 사라져 가는 다른 이의 열망이 찾아오는 것 아닌가요
혼란스런 꿈을 꾸고 나면 또 누군가를 사랑해야만 하는 숙제가 주어집니다.
사내들의 정치판 이야기와 낮은 자들의 천박한 음담패설 속에서 나는 계속해서 꿈을 꿀 수 있는 아내와 어머니를 찾고 있습니다.
시를 써 두고 시를 다시 읽으면 그 시는 나를 거부하고 있는 것을 느낍니다. 제가 아닌 다른 주인을 찾고 있는 것처럼 말이지요
참 오랫동안 혼자 낑낑대다 써 놓은 글을 황금알 출판사를 통해 내보냅니다.
여러분이 이 시의 주인공이 되어 주시지 않겠습니까? 저는 당신에게 존재하는 누군가이면 만족합니다.

차 례

1부

2부

3부

4부

1부

책 읽는 강아지

책을 펴고 읽는데
강아지가 책을 바라본다
심심해서 안경을 씌워 주었더니
코언저리로 미끄러져 내려와
안경 너머로 지긋이 바라보는
점잖은 교수처럼 보인다

아들에게 물었다
개가 교수는 될 수 없을 거야
그치?

응 그런데,
교수가 개 될 수는 있어

콜라주

엄지를 윗머리에 끼우고
아래 홈에는 검지, 중지, 약지를 끼운다

스테인레스로 교차된 가위의 날이
악어처럼 철컹 철컹

사진 속의 나를 정성껏 오리고
아내와 가족의 사진도 정성껏 오린다

파란 하늘과 흰 구름이 떠 있고
꽃밭과 아담한 집이 있는 정원에
가족을 모아 붙인다

그 시절의 어두운 배경은
잘게 잘라
휴지통에 버린다

화살표

한 개가 나를 가리켰어요
두 개가 나를 가리켰어요
아니에요, 난 아니에요
수십 개가 나를 가리켰어요

잘못한 것도 없는데
손사래를 치며 도망을 갑니다
콕콕콕 찌르는 화살이 두렵습니다
화살은 나를 가리키며 따라옵니다
한참 도망쳐 한 바퀴 돌고 지쳐갈 때쯤
문득 깨닫습니다
화살표를 다른 방향에 놓아야지
접착제를 칠하고
다른 방향을 가리키게 합니다

그것을 따라서 가 봅니다
여기서 본 산이 푸근했었지
여인이 아름다웠지
떠 마신 샘물도 맛있었지

찌르지 말고 따라갈 수 있게
양쪽을 구부려 하트 모양으로 바꿉니다

두 손을 탁탁 치며 홀가분하게 떠납니다

가다 보니 나도 누군가를 가리키며
찌르고 있습니다

거짓말

한동안 연락이 되지 않았던
고향 친구에게 전화가 왔습니다

결혼식 때도 안 온 놈인데
반가운 것이 아니고 긴장이 됩니다

잘 사냐
요즘 벌이는 어때
제수씨는 잘 계시고

정수기 이야기를 한참 하기에
거짓말을 했습니다

어이 친구 미안해
지난 주말에 정수기 하나 장만했어

갑봉이 전화번호를 알려주고

최근에 산 땅이 도시개발 때문에 팔렸다고 하더라

한번 전화해 봐

매정하게 전화를 끊습니다.

스테이플러

ㄷ자 모양
위 팔을 들어 올리면
벌러덩 튀어나온
스텐 긴 방에
철심을 끼워 넣고 다시 접는다

낱장으로 돌아다니는 종이들을
종류별로 분류해서
과감하게 누른다
철심이 박히면 이리저리 굴러다니던
종이가 머리를 나란히 맞대고
얌전해진다

제멋대로 떠돌다
선생님께 딱, 걸린
아이들처럼

재 볼게요

투명한 플라스틱
일, 이, 삼, 사, 십오까지
사이 사이에 10개의 금이
머리카락처럼 가지런히 달려 있다
한쪽은 벼랑 한쪽은 비탈진 언덕이
배치되어 있고

연필이 한번 쓱
볼펜이 한번 쓱
반듯반듯한 신작로가 그려지고

무엇이든 가져다 대면
키의 크기를 알 수 있는
진실의 물건

자
이제
당신의 양심을
투명한 자로 재 볼까요

오학년 이반

지나간 달력을 접어
배를 만듭니다

집 옆으로 흐르는 시냇물에
살포시 띄워 놓고
어린아이처럼 쫓아갑니다

풀뿌리에 걸려 넘어져
눈물을 흘려 본 다음에야
따라갈 수 없다는 것을 알았습니다

스카치 캔디

오른쪽 볼에서
왼쪽 볼에서
최대한 오랫동안 느껴보고 싶은 맛
오도독 깨물어 버리면
순식간에 사라져 버리는

애인

미련

엄마에게 묻지도 않고
아버지의 새 고무신을 가져갔다

옆집 연희는
레코드판 들고 오다
오빠에게 붙들려
얻어맞는다

고물 장수 아저씨는
노래를 부르며
찰캉 찰캉
엿을 쪼개 내고

달콤한 엿 조각이
부족해서

또 더 가져올 것이 없나 궁리하는 사이

고물 장수 아저씨는

아버지의 새 고무신을 신고
고물 삽니다도 외치지 않고
서둘러 떠나갔다

사방치기

집 근처 놀이터 바닥에
1칸, 2칸이 있고
중간에 X선 사이로
3, 4, 5, 6이 있습니다
그 위에 7칸, 8칸이 있고
또 그 위에 동그란 하늘이 있습니다

돌을 1칸에 던지고
2칸은 깨금발
4, 5칸은 양발로 딛고
6칸은 깨금발
7, 8칸은 양발로 딛고

하늘로 올라가면
어릴 적 동화책에서 본
신선이 바둑을 두고
호랑이가 하품을 하고
강아지가 잠을 잡니다
구름 위 아이들이 둥실둥실 떠 있고

밥 짓는 할머니와 베를 짜는 아주머니가
정겹게 이야기를 합니다

잠시 잠깐 쉬고
땅으로 내려옵니다

땅바닥에서는 뒤로 돌을 던지면
땡꽁 놀이, 땅따먹기, 썰매 타기, 쥐불놀이
그 한가운데 사무실 책상에 앉은 나는
처리해야 할 업무에 매달립니다

퇴근 후 사방치기 금 위에서
천사 같은 아내를 상상해 보고
혼자서 깨금질을 합니다

우리 둘 사이에 선을 건드리지 않으면
그 땅은 내가 쉬는 땅이 됩니다

소원

뜨거운 맥반수에 푹 담그고
온몸에 땀이 송글송글 맺히고
물속에 담겨진 배가
후우후우 숨을 쉴 때마다
불룩 튀어나왔다 제자리로
들어가기를 반복합니다

아무 생각도 하지 않는
그 시간이 꿀맛입니다

두 팔을 축 늘어뜨리고
드러누워 세신洗身을 하는데
건너편에 나란히 앉은
아버지와 아들이 서로 등을 밀어줍니다
조용히 웃는 그 아버지의 미소가
너무나 부럽습니다.

따뜻한 봄바람이 부는
4월 어느 날

오늘은 목욕탕에나 갈까?
세 아들에게 물어봅니다

난 집에서 어제 목욕했어
난 게임 할 거야
난 강아지 산책시켜야 해

세신비 찾아 챙겨 들고
혼자 무지개 사우나로 갑니다

지키지 못할 약속

지난주에는 아이의 돌 반지
이번 주에는 결혼반지를
맡겼습니다

두 달 동안만 보관해 두겠습니다
찾아가실 때 연 20%면 됩니다

네
두 달 안에 꼭 찾으러 오겠습니다.

부메랑

앵무새가
씨×, 니×, ΦΦ, 방Φ, 조○○ 같은 것
나만 보면 욕을 한다
아내와 자식들을 모아놓고 화를 냈다

당신이 보는 TV와 유튜브에서 배웠겠지

새총을 꺼내 방아쇠를 당기기 일보 직전
아내가 옆집 할매에게 보내자 한다

시골 장터에서 샀는데
허공에 대고 몰래 했던 욕을
나만 보면 해댄다

소리

삐이삐이 쪼롱 삐이삐이 쪼로롱
새소리가 마음에 머무는 듯하여
그 소리 잡으려 하니
포로로 날아가 버린다
잡을 수 있는 소리인 줄 알았더니
내게서 날아가 버리는 소리

다른 소리 붙잡으려
살금살금 귀를 쫑긋 세운다
새소리 잠시 잔잔한 옹달샘으로 바뀌면
동동동 표주박이 작은 물결을 만들고
퐁퐁퐁 올라오는 물소리
산새가 물어온 청아한 소리

갑자기

옆집에서 들려오는 라디오 소리
조용할수록 잘 잡히는 소리
치이익 치익

남의 소리가
내게로 와 생존하기 위해 몸부림친다

2부

진실

어린 시절
나를 사랑한다 귀엽다
칭찬해 주던 동네 사람들이
속마음으로는
내 자식이 너보다 훨씬 나아
라고 말했다는 사실을
나이 50이 되어서야 알게 되었습니다

아버지 어머니 만수무강하세요

중독

금연껌을 질겅질겅 씹으며

점잖게 책을 읽고 글을 써 본다
운동하고 땀을 흘려본다

정확하게 두 시간이 지나자
참을 수 없다

나에게 욕을 하고
써 놓은 글을
볼펜으로 내리찍고
쫘악 쫘악
찢어 버린다

한대 피워물고
휴, 하고 내뱉는다

공중전화

아버지,
저예요 연희
시어머니도 잘해 주시고
남편과 아이들이
저를
얼마나 아껴 주는데요

애 딸린 사내에게 시집간
딸이
더 이상 말이 없습니다

갈대

갈대가 휘어집니다
주변의 꺾인 친구들 사이에서
바람 따라 능청거립니다

담백색 작은 꽃이삭이 달린 것도
무겁습니다
바람에 실려 종자가 날아가 멀리 퍼지고
한 해가 지나고 두 해가 지나
물가에 무성해질 때까지

별 뾰족한 수가 없잖아요
바람 따라 여기저기 인사를 합니다

애인

나는 너만 생각했어

너와는 똑같아지지 않으려고
홀로 걸어가는 길을 선택하기도 했어

사랑하는 마음도 미워했던 마음도
나라는 것을 알게 되었을 때

이제야 비로소 너에게서 자유를 발견했어

마음 따라 돌고 도는 수레바퀴가
우리라고 말하기에
이제 떠나지 말아줘
말하려 하지만
너는 나에게 떠난다고 말을 해

깨끗하고 싶어 하는 너에게
인정받고 싶어 하는 나에게
누구도 대신 말해 주지는 않아

기다릴게

나에게서 너를 발견하고
자유를 말할 수 있을 때까지

미술시간

지점토를 빚어 만든 종이 인형들
아이들은 쓰레기 쓰레기라 말한다.

한지 조각 네모 각지게 잘라서 나눠주고
색칠해 보자, 살려보자 말해 주었다.

포스터물감 묽게 하지 말고 진하게 칠하렴
빨강 노랑 파랑 꼼꼼하게 칠하렴

쓰레기가 보이지 않도록

오공본드 발라서 그대로 두렴
찢어진 상처가 돌처럼 굳어질 때까지

복사 용지 꽃 모양으로 잘라서 나눠주고
종이 인형 누운 공간 꾸며보자 말해 주었다.

복사 용지는 크레파스로 예쁘게 칠하렴
쓰레기보다 배경을 볼 수 있도록

애들아
그렇게 색칠해 주렴

게임

영화관 한켠에 자리 잡은 게임기
500원 동전을 한 움큼 바꿔 들고
게임기 앞에 앉는다.
화면에 전원이 들어오면
경쾌한 음악이 흐르고
여러 명의 파이터가 등장한다
고를 수 있다는 것은 500원을 투자한 대가
무도가 류를 고르고 싸움을 시작한다
상대하는 자는 이유 없는 나의 적
무조건 이겨야 한다
상하좌우 스틱을 움직이고
리듬을 타며 버튼을 클릭해야
필살기가 시전된다
2분의 짧은 싸움 후
이기면 또 싸움을 해야 생명이 연장되는
비정한 공간

500원을 다시 넣는다

부부

온통 벽돌로 이루어진 공간에서

너는 저쪽 벽돌 위에서
등을 돌리고
앉아 있고

나는 이쪽 벽돌 아래에서
턱에 손을 괴고
너를 바라보고 있어

앉은 자리는
벽돌의 이쪽저쪽이지만
너와 나는 구만리

Z세대

집 앞 연못을 반나절 만에
삽 한 자루로 파 놓으시고
아버지가 말씀하신다

공비가 파도치는 갯가 바위에
무릎을 꿇려 놓고
군에 입대하라고 윽박질렀지
잽싸게 바다로 뛰어들어
죽도까지 헤엄쳐 가
숲속에서 숨어 살았단다

내가 이야기한다
도서관에서 공부할 때
매캐한 최루가스가 지랄지랄
맨손으로 앞장서서
민주주의여 만세를 외쳤지
거기서 네 엄마 만나 두 손 잡고 도망치다
어두운 자취방에서 키스했지
방안에 코스모스 향기가 물씬 풍겼지

내 이야기가 끝나지도 않았는데
짜증 섞인 얼굴로
아들이 말한다
돈은 어떻게 벌고 집은 언제 사나요
허리 잘록하고 우윳빛 피부에
생머리 긴 여자 번호를 따야 하는데
지금 제가 입은 옷이 메이커가 아니잖아요

아버지는 조용히
게이트볼책을 읽으시고
나는 핸드폰의 주식 차트를 쳐다본다
온통 파란색이다

아버지와 내가 자신을 접어
구석에 슬며시 놓아둔다

배보다 배꼽

운동을 하기로 마음먹었습니다
마니아가 탄다는 무쯔는 꿈도 못 꾸고
저렴한 자전거를 한 대 장만했는데

살 수 있는 비싼 전조등
살 수 있는 비싼 후미등
살 수 있는 비싼 안장 커버를 사서 맞추고

옷이며 신발이며 장갑과 모자와 고글을 샀더니
자전거 구입비보다 더 비싸게 들었습니다.

그럴 거면 좀 더 비싼 자전거를 사지
아내가 이야기합니다

다시 살 수는 없어
구입한 것으로 쭉 가는 거야

두 다리로 땀나게 돌아가는 두 바퀴
열심히 비벼서 효과가 있다면 말이죠

관심

선풍기의 고개가
도리도리 좌우로
골고루 돈다

정지 버튼을 누르고
나만 바라보게 한다

시원한 바람이 열기를 품어
뜨뜻함을 느낄 때쯤

아내에게 등짝을 맞는다

버튼을 재빠르게 눌러
회전으로 돌린다

마스크 KF-94

그대가 내 곁에 있기를 원하신다면
빈 의자를 마련해 놓을게요
상처는 건드리지 않기로 약속하고요

그냥 혼자 고장 났어요

큰방 기둥 위에 걸린 시계
깎아 만든 네모난 목각

매일 태엽을 감아야 돌아가던 골동품
매시간 숫자만큼 30분에 한 번씩
댕댕
치던 종이
차크르르 차크르르
소리가 고르게 들리지 않는다
한 번 위에서 끌어내려
흔들어 보았는데
그 후론 바늘도 움직이지 않는다
어린 시절 깨뜨린 아버지의 벼루 때문에
된통 혼난 것이 생각나
그냥 걸어놓고 모른 척

사랑 방정식

너도 잃어버리지 않고
나도 잃어버리지 않고

그대로 있어만 준다면

버리지도 버려지지도 않는다면

융에게

내 안에 존재하는 아니마가 강해지면
사랑하는 마음이 생긴다 하고
아내 안에 존재하는 아니무스가 강해지면
남편에게 명령을 한다고 합니다

친구들이
나이가 들수록
차 내비게이션 말과 아내 말은 잘 들어야 한다고 합니다

요즘 저는 한참 헷갈립니다
융이 하필이면 그런 말을 해서
옳다고 생각되는 것이 도전을 받을 때,
나는 또 새로운 탑을 쌓아야 합니다

3부

애완동물

다가가면
잠시 멈추었다가

슬금슬금 깡충깡충

집으로 들어가
나오지 않는다

핸드폰, 카카오톡, 카페, 페이스북
곳곳에 설치된 카메라

숨을 곳이 있는
토끼가 부러울 때가 있다

부부싸움

가스레인지 소리는 타타타탁
찌개 끓는 소리는 보글보글
조용한 거실에
차가운 기운만 가득합니다
창문을 열고 밖을 바라봅니다.
꽃은 피었는데 바람 소리만 휘이이잉

봄바람을 맞으며 강아지와 산책을 합니다

밤용이가 오줌도 싸고 용변도 봤어
운을 떼어 말을 붙였습니다

아내가 강아지를 안고
눈을 흘기며 방으로 들어갑니다.

밥 한 주걱 찌개 한 그릇에
혼자 밥을 먹습니다

금연

집중을 하고 탁탁
날카로운 다트를 꽂아 본다

귀여운 강아지를 보고
폭실폭실한 털을 쓰다듬으며
귀염귀염 생각을 해보고

줄넘기를 하며
일 이 삼 사 오 륙 칠 팔 구
숫자를 세어 본다

잊어버리고 싶지만

자꾸만 생각이 나는 그놈

미인도

긴 머리 쓸어 넘기며
내게 던지는 말 한마디
어쩌죠? 당신을 유혹하고 싶은데
내게 던지는 말 한마디가
고요했던 내 마음에 물맴이 돌기에
괜한 작품 설명서 붙잡고 허둥지둥 읽어 내렸다
살포시 나온 발끝을 쳐다보다가
둥그스름한 어깨선 쳐다보다가
살짝 잡은 옷고름도 쳐다보았다
이리저리 옮기는 내 시선이 느껴져
볼이 살짝 붉어지고
멋쩍어진 마음에 땀도 송송 흘렸다
차라리 담담한 마음으로 안아주고 토닥거려 줄 걸 하
다가
베개에 무늬 선 따라가며 내 마음 달랬다
장미 같은 입술이
이마에만 '쪽'
아슬아슬 지켜지는 나의 감정

법칙

콩은 30알
쌀과 보리의 비율은 70 대 30
꼭 이렇게 밥을 짓습니다
아침 6시 30분에 일어나서
치킨을 차 안에서 먹고
7시까지 직장에 도착해야 합니다
화장실 사용 시간은 3분 25초
화장지는 세 칸씩 네 번
물은 눈을 감고 내립니다
정해 둔 규칙입니다

사실은 지키지 않아도 아무 상관이 없는 법입니다

부모

시골집 처마
가느다란
은빛 줄에 매달려
대롱대롱 흔들흔들
비어 있는

고치집

가뭄

땀이 송글송글 맺히고
잡초를 뽑아 털면 흙먼지가 날린다
마른침을 삼킬 때 목이 따가워
밭일을 끝내고
집 장독대에서 펌프질을 해도
시콩시콩 헛바람만 나온다

장독대 하수도 구멍에서
나를 노려보는
쥐새끼를 쫓고
볕에 말리고 있는 서대를
물고 가는 고양이를 쫓는데
돌아보니 사방에
먼지만 뽀얗게 쌓여 있습니다

올려다본 하늘에도
먼지만 가득합니다
내 마음에도 먼지가
버석댑니다

일용직

아침에 해가 뜨면 일어나 해장국집을 찾는다
뼈해장국을 시켜서 먹고 하늘을 보면
동쪽에서 떠오른 태양이 나를 비춘다
앞만 보고 달려온 나의 뒤편에 그림자가 생긴다
뒤돌아보면 안 돼 뒤돌아서 그림자를 보는 순간
그림자가 너를 잡아먹을 거야

젊은 시절 잘못을 뒤로 던지고
그림자를 밟고 서 있다
아침나절이 지나면
갈 곳 없는 이 그림자를
또 어디로 흘려보내야 할지
땅에서 흙덩이 하나를 주워
멀리 던져 본다
흙덩이는 가루가 되어
내 그림자를 덮어 준다

죄수

오랫동안 기다리셨습니다
무엇을 고치고 싶으신가요?

923578번은 이끼를 걷어내며 이야기한다
986년 젊은 한 여인을 미워하고 헤어졌던 것을
수 정 해 주 세 요

수정액으로 여러 번 지우고
이름을 바꿔드렸는데
기억이 나지 않으신가요?

923578번은 그때의
본인 이름을 잊어버렸다

슈퍼 대디

새하얀 티슈가 물과 향수를
머금고 대기하고 있지요

급할 때 한 장
얼굴이 텁텁할 때 한 장
실수로 커피를 쏟았을 때 한 장
가볍게 청소할 때 한 장씩 사용하지요

티슈를 꺼내 쓸 때마다
빵빵했던 몸이 줄어들고
쭈글쭈글 빈 봉지가 되어
휴지통에 버려지는

솔직함

자기 만나기 전 여자 친구 사귄 적 있는데
지금은 자기만 사랑해

옆 테이블에 앉은 다른 여자를 쳐다본 적 있어
미안해

장인어른께 부쳐드릴 돈으로 게임팩 한 개 샀어

과장님 어제 출장 건 있잖습니까
제가 전에 조사했던 것 재탕하였습니다

아버지 전답 이번에는 저에게 상속해 주셨으면 합니다
효도하겠습니다

실직

구름이 몽글몽글
비가 멈춘 하늘이
새색시 세수한 볼처럼
촉촉하게 깨끗합니다

물기 머금은 소나무 꼭대기에
날다 지친 까마귀
한 마리가 앉습니다
까치 한 쌍이 쒜-엑 날아와
검은 이방인을 쫓아냅니다

수컷이 흰 와이셔츠에 검은색 정장을 입고
제 짝 옆에 의기양양 앉습니다

까마귀의 불길함이 나에게 옮을까
저리 가
돌멩이 집어 던집니다
벤치에 누워 본 파란빛이
부끄러움으로 남습니다

허수아비

주먹을 쥐면 핏줄이 불거지고
힘줄이 울퉁불퉁하다
허리춤에 대검이 채워지면 옆구리에 손을 얹고
약간은 삐딱하게 서서 상대를 바라본다
두 눈에 힘을 주면 촌스러우니까
가끔은 선글라스로 시선을 가린다
입은 굳게 다물고 쉼 없이 조잘대는 것을
듣는 귀가 이제는 야물다
거무튀튀한 것들이
구렁이도 되었다 재주도 넘었다 한다
말없이 듣고 가만히 바라본다
고놈의 속이 보이고
관자놀이에 힘줄이 솟으면 이를 한번 갈고
진흙탕에 빠지지 않도록
단단한 돌을 찾아 밟는다
머리 위로 올려둔 과거의 추억과 미래가
흩어지지 않도록 모으고 모은다
여인네의 하얀 옷자락이 얼룩지지 않도록
소녀의 볼이 파리해지지 않도록 껴안고 싶다

아름다운 꽃밭이 펼쳐지고 뒤로 보이는
쉼터에 가서 드러눕고 싶지만
바윗덩이 가슴에 담고
세상 속 동행자를 찾아보지만
한 명 한 명 왔다가 바라보고 사라진다
유창한 말도 사라진다
언제나 이 상황 끝이 나는지
기대하는 마음을 허공에 걸어둔다

늘 제자리다
오늘도 허허벌판에 하늘을 이고 서 있다

게임지존

여기까지 오르는데 치열했다
그러나 결코 편해지지 않는다
이를 이겨내고 극복할 수 있는 능력을
갖추는 것이 답이다
모든 관계는 일 대 일로만 엮인다
기본 패턴은 변화되지 않는다
정보를 가지고 팩트 추적으로 잡는다
순간의 협상에 편안함을 느낄 수 있지만
편할수록 내 편이 고통을 받는다
면식범이 주도권을 가지게 놔두면
범죄자에게 지는 거다
유유히 빠져나오는 것이
씁쓸한 승리의 길이다
오늘도 그들의 약점을 파악하고
움직일 수 없는 그물과 사슬을 준비한다
조여 갈수록 발악하는 놈들은
본체를 파악해 두어야 한다

발악하는 꼬리의 반란을

두려워하고 있는 거다

이제 여유롭게 커피를 마시며 기다린다

로그인

비가 오는 날에는 커피를 내려 마시고 우유 모닝빵을 입에 물고 사진첩을 꺼내어 봅니다. 아이패드를 사용하여 바라보는 것보다 클래식합니다. 그곳에는 몸매 좋은 젊은이가 있거든요. 파란색 무늬가 곁들어진 흰색 남방의 소매를 걷어붙이고, 멋들어진 스키니진을 입은 반곱슬의 남자아이가 있습니다. 가슴이 벅차오른 소망을 가지고 사는 꿈 많은 젊은이이지요. 마이마이 카세트 허리에 차고 헤드폰을 쓰고 롤라 고고장에서 만난 여고생에게 빵집에서 받았던 라붐의 OST Reality를 듣습니다. 소피 마르소를 닮았던 여고생을 아내 몰래 회상합니다. 아내가 잠들어 있는 새벽 3시에서 5시까지가 과거로 가는 문이 열리는 시간입니다. 사진첩에서 젊은 나를 꺼내고 아직도 가지고 있는 카세트를 넘겨주고 배경음악을 깔아 줍니다. 그 여고생을 이후에 한 번 더 만날 걸 후회합니다. 그녀는 우정만 간직하자 말했죠. Reality 음악이 끝납니다. 더 젊은 시절의 사진첩을 꺼냅니다. 그곳에는 호리호리한 솜털 콧수염이 조금 자라고 흰색 재킷에 누나의 옷을 줄여서 몸에 쫙 달라 붙여 입은 멋쟁이 중학생이 있습니다. 세상 부러울 것 없었던 왕자님이 양

어장 위에 폼을 잡고 서 있습니다. 마이마이 카세트를 책상에 내려 두고 빗물이 수록된 카세트테이프를 넣습니다. 노랫말처럼 어디에선가 나를 부르며 다가올 것만 같던 여중생 P양이 떠오릅니다. 나를 너무 좋아해서 과일 파티도 열어주고 학교 3층에서 J야 부르며 종이비행기 날려 주었던 그녀를 회상합니다. 지금이라도 좋은 감정으로 답해야지. 나의 기억 속에 어린 시절의 좋은 기억으로 남고 싶어 하는 여중생이 꿈속에서 웃을 수 있게 해줘야겠다는 생각을 합니다. 지금은 중년 부인이 되었을 P에게 J에게 노랫말이 수록된 테이프를 선물합니다. 오늘 여행은 그만해야겠습니다. 이제는 나의 사실들을 되뇌어 봅니다. 현실에 눈을 돌릴 때마다 그것을 구구단처럼 외울 때마다 추억들은 다른 곳으로 사라집니다. 현실로 돌아오는 주문을 외워야 할 때입니다. 쪼로로 달려나온 강아지에게 간식을 줍니다. 오늘 아침은 일찍 출근하였습니다.

4부

목각인형

만지면 감촉이 좋은
목각인형
손때가 묻어서 군데군데
거무스름한 윤기가 돌지만
아직도 나무 냄새가 난다

분리된 조각을
이젠 설명서가 없어도
척척 맞추지만
어렸을 때의 상상 속처럼
살아 움직이지 않는다

아들도 가지고 놀지 않는
목각인형을 버려야 할까
가지고 있어야 할까
망설이다 버리기는 아까워
상자에 일기장과 함께
다시 보관해 둡니다.

나와 이야기를 나눌
어린 친구가 생기면
목각인형을 선물할 생각입니다

행복

담배를 피우고 싶다는 욕구가 솟아오르고
끊으라고 권고하는 주변의 충고에도
나는 욕구를 찾아 책상 서랍을 뒤집니다
주머니에서 꺼낸 돈은 4000원
500원이 없어서 난 담배를 살 수 없습니다
가난한 불행이 찾아와
내 주변을 서성거립니다
운명에게 내기를 겁니다
어딘가 숨어 있을 거야
주차된 차에 가보려고
문을 열고 나서며
무심결에 집어넣은 내 오른쪽 주머니
짤랑거리며 잡힌 500원에 보물을 찾은 듯
행복함이 밀려옵니다
담배를 사서 한 개비 꺼내 물고
지나가는 거지 노인의 뒤통수를 보며 웃습니다

이웃

무심결에 누르고
늘 그렇듯 문이 열리고
엘리베이터 안에서
집으로 올라가는 길

같이 탄 이웃에게
안녕하세요
인사를 하지만

더 이상 아무 말이 없습니다

10초가 2년이 반복되었지만
이름도 모릅니다

문이 열리면
서로에 대한 사랑도 걱정도 없이
엘리베이터를 나섭니다

템플스테이

조그만 찻잔에
비친 얼굴만
바라보고 있다

자네가 나인가

어느 날

잠시 정차한 기차역에
그냥 내렸는데
길을 잃었다

한참을 멍하니 서 있었다

전원이 끊긴 전화기는
접어서 호주머니에 넣고
행인에게 길을 묻는다

어디로 가라는 친절한 신사는
나를 사랑하지 않는다

화장지

아저씨가 한번 돌돌돌
아주머니가 한번 돌돌돌
아가도 한번 돌돌돌
강아지도 한번 돌돌돌

한 번에 두 칸씩만 사용하세요
우리도 함께 오랫동안 살고 싶다구요

재회

그곳에 포함되지 않은
나를 두고 왔어요

당신에게 모든 것을 주고 나면
나는 폐허가 되어 사라질 겁니다

그들이 튕겨낸 대못으로
당신을 껴안으며 못질을 할 것 같아요

10년 후에 회암사지 이야기 고개에 있는
돌단에서 만나는 것은 어떤가요?

많이 보고 싶어질 때까지
잠시 헤어집시다

사랑은 좀 더 나이 들어 합시다
그래도 꽃이 피어나면

당신이 보낸 엽서인 줄 알게요

쪽잠

오래전에 사 둔 과자를 냉장고에서 꺼낸다
이 과자에서는 미국 냄새가 난다
로스앤젤레스 7번가 모퉁이에 있는 커피숍에서
크래커 한쪽과 함께 에스프레소를 마신다
사랑하는 여인이 먹다 흘린 과자 조각을
개미가 열심히 실어 나른다
과자의 성에 들어간 헨젤과 그레텔은
마녀 대신 여신을 만나고
담백한 크래커 조각에 딸기잼을 발라 먹는다
몰래 들어온 도둑이 과자를 훔치다
고양이 소리에 흠칫 놀라 과자를 떨구고
이 모든 것을 본 나는 말을 하지 못한다
이것은 뜨거운 낮에 부는 바람이 들려준 이야기인데
심심한 크래커처럼 맛깔스럽지 않다
아무것도 바르지 않은 크래커만 먹던 그녀가 살이 빠
지면
　멋들어진 드레스를 입고 꽃잎 위로 살포시 올라 춤을
춘다
내가 꾸지 않는 꿈속에서

사나이

학생부 선생님이
매 눈을 치켜뜨고
씩 웃더니
나를 콕 집어 불러낸다
반장인 네가 잘 알지?
요즈음 음악실에 오줌 싸는 녀석이 있다는데
백 아무개, 이 아무개
어떻게 하나 망설이다
제가 그랬습니다
말꼬리 흐린다
몽둥이로 엉덩이에 불이 나면
안 아무개, 김 아무개
고놈들 이름도 떠오르지만 이를 앙다물고 참는다
음악실에서 물청소를 하고 있자니
친구들이 찾아와 창문 넘어 눈인사한다
괜찮다 이놈들아

바닥을 닦으며 씩 웃는다

정상에서

등산객이 달아 놓은 표식을 따라 산을 오릅니다
달아 놓은 표식이 없어도 많은 사람이 오르며
이미 단단한 길이 만들어졌습니다
중간에 쉬는 장소도 이미 정해져
경치가 좋은 곳으로 길이 만들어져 있습니다
늘 보았던 풍경에 들려오는 메아리는
내가 외쳤던 그 소리입니다

학교 다녔을 때 알았던 모든 이들이
친구였다가 다시 사라지는 것은
그들은 그들의 길에서 정상을 오르고
나는 나의 길에서 정상을 오르다
잠시 만나고 헤어지고를 반복하고 있을 뿐입니다
정상에서 보는 경치는 늘 똑같습니다
마음만 정상에 올랐구나 잠시 기뻐했을 뿐

오랜만에 산에 올랐더니 피곤합니다
그래도 다음 주에 또 산에 오를 겁니다

지우개

네모 네모
달콤한 고무 향이 나요
세워도 봤다가
넘어뜨려 봤다가

잘못 그린 그림을
사사삭 사사삭
목욕탕 발등 위 때처럼
흑연가루를 먹고 굴러다니는 똥

열심히 사사삭
귀퉁이가 둥글해질 때까지
사사삭

꾹꾹 눌러 그린 그림 자국은
내가 가진 지우개로 모두 지워 봐도
흔적이 그대로 남아 있다

이유

팔은 안으로
굽는다
밖으로 꺾이면
너무
아프니까

보드마카

두툼하게 손에 쥐기 좋은 크기
은색빛 몸통에
빨강 노랑 초록 파랑 보라색 글씨가 쓰였다
검은색 모자가 뚜껑
뚜껑을 열고 하얀 보드에 그림을 그린다

수성 보드마카는
그림이 실증 나거나 잘못 그려지면
지울 수 있어서
좋다

리모컨

조용한 음악을 들으며
고급스런 감정을 더듬어 보는데
아들이 들어오더니
텔레비전을 켜고
등 뒤 소파에 털썩 앉습니다

지니 티비 꺼
아니야 지니 티비 켜

조용히 말하던 서로의 목소리가
점점 언성이 높아집니다

위험한 신경전이
말이 없는 가운데 오가고
리모컨을 찾아 쥔 아들이
말없이
틱틱
시청권을 찾아 쟁취합니다

그 중요한 리모컨을
나는 왜 생각해내지 못했을까

지휘봉을 빼앗긴 후
조용히 일어나
밖에 나가 담배를 피웁니다

삼복이

삼복이가 일어나 산보를 한다
나는 줄을 들고 어디로 뛰쳐나가지 않나
졸졸졸 따라 다닌다
나무와 전봇대에 다리 한쪽을 들고
영역표시를 하고
수풀 사이에서 일을 치르면
준비한 봉투에 쓸어 담느라 바쁘다
요즘 식욕이 떨어진 삼복이를 위해
오리 훈제 베이컨과 사시미 윙도 사서 바친다
약속한 명령에 삼복이가 행동을 하고 박수를 쳐 드리면
축 늘어진 귀를 뒷발로 잠시 긁고
선풍기 바람이 있는 곳에 앞발을 모아 턱을 얹은 후에
입을 벌려 하품을 하고 잠을 잔다

삼복이가 부럽다

습관

과일 바구니에 수북이 쌓인
귤을 들고 컴퓨터 앞에 앉는다

처음에는 꼭지부터 까서
통째로 한입에 쏙 넣다가

배가 부르면 한쪽 한쪽 까서 먹는다

마지막에는 귤 조각에 붙어있는
속껍질까지 제거한 후 먹는다

손바닥이 노랗게 되고 이가 시리다
배가 부른데 밥과 된장국이 생각난다

사람의 말과 그 빈틈

김 효 숙(문학평론가)

   인간은 말을 할 수 있어서 만유 중 가장 소통이 원활한 종이라는 믿음이 있다. 하지만 말은 이해와 오해를 동시에 유발하기 때문에 소통의 어려움이 필연이다. 현시대는 인간의 말을 알아듣고 인간처럼 써내는 기술까지 개발하는 시대여서 인간의 말이 해석되지 않는 세계를 상상하기 어렵다. 말이란 본래 과학의 황무지에서 태어나지만, 지금은 과학처럼 정교한 말의 탄생이 가능한 시대다. 이런 마당에도 우리는 말 때문에 갈등이 깊어지면서 말의 빈틈을 수시로 경험한다. 사람의 말이 사람 사이를 갈라놓지만, 이것을 다시 봉합하기는 어려운 경우가 흔히 있다.

   장인환의 첫 시집『목각인형』은 외부와 소통이 끊긴 단독자가 점차 늘어나는 최근 우리 사회의 면모를 반영한다. 타자와 나누는 말의 효능에 대한 질문을 이어가는 화자의 목소리에 공감하면서 이 시집을 읽게 된다. 그가 먼저 말을 걸어 소통하려 하지만 그 누구도 그가 건넨 말의 빈틈을 메우지 못한다. 가족·친구·연인, 그리고 가까이 사는 이웃들과의 관계 경험과 상념들이 그 타자성을 사유하는 계기를 안길 뿐이다. 시인은 이 시집에서 세대 간, 부부간, 부자간, 이웃 간 갈등에 주목하여 이 타자적 존재들과 어떠한 배려와 마음 씀이 가능한지를 묻고 있다. 특히 최근 우리 사회에서 불거지는 기성세대와 Z세대 간 갈등을 가족 내 관계로 짚어나가면서 아버지의 자리에 변화가 생겼음을 환기한다.

시인은 작은 공동체인 가정의 평화를 지키기 위해 일방적으로 한 사람이 희생하도록 몰아가는 일보다 중요한 것이 서로를 위한 배려라고 본다. 누군가 희생되어야 평화와 안정이 가능하지만 과연 누가 먼저 그 일을 자임할 것인지는 크나큰 고민거리가 아닐 수 없다. 그래서이겠지만 이 시집에는 아버지가 묵언 수행자처럼 이 일을 자처하는 경우가 많다. 누구보다 먼저 마음 씀의 미덕을 발휘하여 가족의 평화를 조성하고 싶은 사람이 아버지다. 그는 고통을 고통이라 말하지 않고, 슬픔을 슬픔이라 말하지 않는다. 고통이 없는 사람처럼 묵묵히 살아가는 그의 내심을 헤아려보게 하고, 그가 피우는 담배 한 대의 의미를 생각해 보도록 이끈다.

수사를 동원하지 않고 일상어로 담담하게 써 내려가는 이야기를 시인의 실제 경험으로 받아들여도 될까. 어쩌면 이는 시인의 고도 전략일지도 모르겠다. 실제라고 믿게 만들면서 전혀 다른 세계에서 살아가는 시인이 있다면 이 같은 화법이 가능하겠기에 해보는 생각이다. 하지만 반드시 그렇게만 여겨지지 않는다는 게 이 시집의 진실 내용이다. 대부분의 시에 등장하는 주체는 독백체로 자신의 경험에 얽힌 인물 간 관계의 지도를 그려나간다. 다양한 에피소드들에 녹아 있는 아버지의 외로움에 우리가 어떤 위안이 될 수 있을지 사유하게 하는 시집이다.

1. 아버지의 이름으로 말하기

러시아의 작가 톨스토이는 소설 『안나 카레니나』에서 첫 문장을 이렇게 썼다. "행복한 가정은 모두 모습이 비슷하고, 불행한 가정은 모두 제각각의 불행을 안고 있다." 이 문장은 제각기 다른 불행을 앓고 있는 사람들이 가족이라는 이름으로 같은 공간에서 살아가야 하는 일에 대한 곤경이 녹아 있다. 사회의 가장 작은 단위를 가족 공동체로 알고 있는 우리는 작가가 재현한 가족 이야기를 읽으면서 미적 즐거움을 누리지만, 막상 자신이 속한 가족 공동체에 불행의 요인이 끼어든다면 사정은 달라질 것이다. 아래 시는 단지 불행한 가족 이야기에 그치지 않고 이 시대 아버지의 위상을 아들의 그것과 대비

하여 보여준다.

지니 티비 꺼
아니야 지니 티비 켜

조용히 말하던 서로의 목소리가
점점 언성이 높아집니다

위험한 신경전이
말이 없는 가운데 오가고
리모컨을 찾아 쥔 아들이
말없이
틱틱
시청권을 찾아 쟁취합니다

—「리모컨」부분

누구나 가족 내에서 성장통이 필연인 것처럼 시적 화
자의 경험도 가족 안에서 먼저 일어난다. 가부장 중심의
가족 구도에서 억압되었던 욕구에 관하여 말하는 경우
는 시인에게 통과의례 같은 것이다. 장인환 시인의 가족
이야기는 개별 시편에 실려 나오지만, 이 시들을 한 줄
에 꿰어 읽다 보면 매우 의미 있는 지점을 발견할 수 있
다. 제각기 자기 욕구에 충실한 가족 구성원들로 하여
평온과 안락, 공평함 등의 균형이 깨진 가정의 분위기를
읽을 수 있다. 이는 어느 가정이든 희로애락을 나누는

공동운명체로 존속하려 하는 한 흔히 일어날 법한 이야기다. 이 같은 당위성을 잃어버릴 때 가족 간 갈등을 자초하고, 이 시집의 화자인 아버지처럼 홀로 말 없는 고투를 이어가야 한다.

명령어 "꺼"와 "켜"에 아버지와 아들의 감정이 첨예하게 실려 있다. 리모컨 장악력이 아버지에게 있을 거라고 흔히 생각하지만 시현실에서는 의외로 아들이 그 주권자다. 그가 선점한 리모컨 때문에 방에서 밀려난 아버지가 감정의 균형을 유지하려 애쓰고 있다. 서로 취향이 달라서 밀려난 아버지가 할 수 있는 건 마음을 다스리며 아무 일 없는 척 생활 현장으로 복귀하는 일이다. 시인이 쓴 것처럼 "조용한 음악을 들으며/ 고급스런 감정을 더듬어 보는데" 아들이 텔레비전을 켜놓고 소파의 주인인 양 앉아 있는 상황, 텔레비전의 장악력이 음악을 압도하는 가운데 조용한 음악은 조용한 아버지처럼 '꺼진turned off' 상황이다. 다음 시에서는 조부–아버지–아들로 이어지는 3대의 에피소드를 들려준다. 이로 미루어 아들은 "Z세대"다.

집 앞 연못을 반나절 만에
삽 한 자루로 파 놓으시고
아버지가 말씀하신다

공비가 파도치는 갯가 바위에

무릎을 꿇려 놓고
군에 입대하라고 윽박질렀지
잽싸게 바다로 뛰어들어
죽도까지 헤엄쳐 가
숲속에서 숨어 살았단다

내가 이야기한다
도서관에서 공부할 때
매캐한 최루가스가 지랄지랄
맨손으로 앞장서서
민주주의여 만세를 외쳤지
거기서 네 엄마 만나 두 손 잡고 도망치다
어두운 자취방에서 키스했지
방안에 코스모스 향기가 물씬 풍겼지

내 이야기가 끝나지도 않았는데
짜증 섞인 얼굴로
아들이 말한다
돈은 어떻게 벌고 집은 언제 사나요
허리 잘록하고 우윳빛 피부에
생머리 긴 여자 번호를 따야 하는데
지금 제가 입은 옷이 메이커가 아니잖아요
　　　　　　　　　　　　　—「Z세대」부분

빠르게 표면을 훑듯 쓰고 있으나 이 시는 실로 많은 곡

절을 담고 있다. 앞서 본 시에서 아들과 이 시에서 아들은 같은 세대의 인물로 보인다. 세대 간 수직 구조로 보건대 '나'는 앞선 시의 아버지와 동일 인물이다. 담담하게 리얼리스트의 면모를 보여주는 이 시에서 문제적 개인도 Z세대인 아들이다. MZ 세대로 통합되어 불리다가 급기야 Z세대로 분리된 아들의 욕구는 지금 돈 걱정, 집 걱정, 그리고 외모 걱정과 접맥된다. 마음에 맞는 여성을 만나기 위한 기본 조건을 상정해 놓고 거기에 못 미치는 자신의 처지를 아버지에게 강변 중이다. 아버지의 말을 중간에 잘라내면서 자기주장을 앞세우지만 그런 아들의 기대를 채워줄 방도란 것이 "주식 차트"의 상승 곡선을 확인하는 일밖에 없다.

조부로부터 아버지 세대로 이어지는 삶에서 청춘의 의미는 국가와 민족, 윗세대에 갖춰야 할 책무와 예의를 기본으로 알아 왔다. 국란의 와중에도 사랑하는 여인과 캄캄한 시대를 함께 이겨냈으나 이 시대 Z세대의 애정관은 물질에 포박되어 있다. 게다가 '나'의 존엄을 무엇보다 중시하는 Z세대의 등장으로 이 시대의 부자관은 균열 상태에 놓여 있다. 젊은 세대의 애국심으로 국가 · 민족의 존속이 가능했던 거대사의 시대를 살아온 조부와 아버지로서는 Z세대의 자기중심주의를 온전히 이해하지는 못한다. 다만 아들 세대가 중시하는 가치들을 존중한다는 뜻으로 "자신을 접어/ 구석에 슬며시 놓아" 두는 일을 할 수 있을 뿐이다. 그럼에도 불구하고 아버지의 "팔은 안으로/ 굽는다/ 밖으로 꺾이면/ 너무/ 아프니까(「이유」)
언제나 자신의 가슴 쪽으로 팔이 굽는다. 아들의 아픔이
아버지의 아픔이기도 한 이 사실만이 부자 관계에서 결
코 변할 수 없는 상수(常數)인 것이다.

2. 찌르는 말과 사랑의 말

흔히 언어를 인간이 지닌 고유한 소통 방식이라고들
말한다. 동물도 행위 언어로 소통하지만 인간의 언어는
개개인의 표현 형태가 다르고, 특히 시인은 그중에서도
특별한 언어를 사용한다. 소쉬르는 이런 점을 랑그와 파
롤로 구분하였다. 사전에 등재된 언어인 랑그만으로는
시가 되지 않으며, 시인이 지닌 독특한 표현 방식으로
내포를 만드는 파롤을 우리는 시라 한다. 장인환 시인은
인간관계에서 생기는 갈등이 한 마디의 따뜻한 말로 치
유될 수 있음을 잘 알면서도 화해가 마음처럼 되지 않는
다는 점을 이야기한다. 「화살표」는 상대방의 마음을 찔
러 상처를 안기는 일에 관한 시다. 자신만은 상처를 피
해 보겠다는 심산으로 화살표들을 피해 달아나다가, 문
득 그것을 다른 방향으로 돌려놓는 기지도 발휘한다. 화
살표에서 해방되자 정겨운 정경들이 나타나고, 자신이
찔리지 않도록 "양쪽을 구부려 하트 모양으로 바"꿔 보
기도 한다. 하지만 이것으로 화살표의 삶이 끝난 것이

아니다. 돌려놓은 화살표가 타자를 향하는 것으로 환경이 바뀌었을 뿐이다. 화살표는 다만 어딘가를 향해 가면서 찌르는 동작으로 그 생애를 다한다. 타자에게 상처를 입히는 경우는 화자라 해서 예외가 아니다.

「부부싸움」은 상처 주고받기가 어느결에 생활의 조건이 되었을지라도 누가 먼저 상대방에게 용서의 말을 건넬 수 있을지를 묻는다. 화자는 사람 소리가 끊긴 집안에서는 온갖 비인간의 소리가 더 크게 들린다는 것을 실감한다. 아내가 있으나 그녀의 말소리는 들리지 않고, 꽃이 피는 봄인데도 집안 분위기는 냉랭하기만 하다. 반려견을 매개로 아내에게 말을 붙여 보지만 그녀는 대답 없이 강아지를 껴안고 휭하니 방으로 들어가 버린다. 화자의 말에 생긴 빈틈을 메우려 하지 않아 소통이 단절되고 만다. 먼저 말을 건네는 자신이 머쓱해지고, 화해의 기미는 보이지 않으며, 혼자 앉아 밥을 먹어야 하는 그에게서 쓸쓸함이 묻어난다. 어쩌면 화자는 다음 시에서처럼 남성인 자신 안에 들어 있는 여성성으로 자신도 다 알지 못하는 자아를 영문 몰라 하고 있거나, 고집스러운 아내를 남자 같은 여자라고 나무라고 있을지도 모른다.

> 내 안에 존재하는 아니마가 강해지면
> 사랑하는 마음이 생긴다 하고
> 아내 안에 존재하는 아니무스가 강해지면
> 남편에게 명령을 한다고 합니다

친구들이
나이가 들수록
차 네비게이션 말과 아내 말은 잘 들어야 한다고 합니다

요즘 저는 한참 헷갈립니다
융이 하필이면 그런 말을 해 가지고

— 「융에게」 부분

    화자가 자신에게 내린 처방을 보면 구스타프 융의 심리학이 때마침 좋은 지침이 되어 준 듯하다. 융은 남성 안에 잠재한 여성적 속성을 아니마로, 여성 안에 있는 남성적 속성을 아니무스라 부른다. 그런데 이런 점을 서로 용인하여 상대 이성과의 갈등을 봉합할 수 있다면 부부간 화해도 무난히 이루어질 것이다. 피차 자신에게 잠재한 다른 성향을 용인하면서 이해의 지점을 마련할 수 있을 테니 말이다. 여기서 융은 그림자 이론을 끌고 들어온다. 그림자가 하는 일이란 남성이 여전히 남성적 속성들을 나타내게 하고, 낯선 자아처럼 여기는 남성을 여전히 남성으로 행동하게 만든다는 것이다. 위의 시를 근거로 말하면, 화자 안에 있는 여성이 그를 움직일 때도 그림자는 여전히 남성이고자 하는 심리를 지원한다는 얘기다.

    그래서 융의 심리 이론을 읽은 화자의 헷갈림은 필연

이다. 본연의 남성을 일부의 여성으로 전환하는 문제도 여전히 난해할 수밖에 없다. 사랑의 마음을 품은 부드러운 주체를 아내라 하고, 명령하고자 하는 의지를 지닌 자를 남편이라 할 때, 양자의 조화를 위하여 "새로운 탑을 쌓"는 일이 그에게는 번번이 새로운 숙제로 다가온다. 융에게 답을 구하고 있으나 정작 그 답은 화자가 찾아야 할 것으로 돌아온다. 그렇다면 부부간 용서와 화해에는 어떤 전략이 요긴할까. 아니마를 원형적인 수동성으로, 아니무스를 원형적인 능동성으로 본 융의 견해대로라면, 장인환 시의 화자처럼 남성이 먼저 여성에게 화해를 청하는 것이 맞다. 하지만 시인의 표현대로 이런 일이 헷갈리는 상황이라면 이에 대한 답이 반드시 두 사람의 무의식에 있지는 않은 것 같다. 남성의 여성성도, 여성의 남성성도 상대방에 대하여 어떤 호의를 먼저 보일 수 없다면 좋은 관계를 유지하기 어렵지 않겠는가. 호의는 무의식의 작용이기보다 의식적인 노력과 애씀의 영역일 테니 말이다.

융은 고집이 센 여성을 '아니무스의 개'라고 부르며 스스로 남성을 욕한 꼴이 되었다. 시인이 쓴 것처럼 "한참 헷갈"리는 일이다. 융이 자신에게 좋은 영감을 가져다줄 뮤즈를 아니마 부르며 기다렸다고 하니 이 또한 엄연한 모순이다. 어쨌거나 여성에게 양가적 태도를 보였던 융 덕분에 장인환 시인도 의미 있는 시 한 편을 쓰게 되었다. 남성 안의 여성, 여성 안의 남성이 수시로 교란

되는 것이 부부 관계인 것만은 분명해 보인다. 인간관계의 선순환을 염두에 둘 때 다음 시의 상황은 매우 흥미롭다. 말이 되지 않는 욕설을 기호로 써놓고 소통이 불가능한 일방적인 욕의 발생을 짚어 본다.

> 앵무새가
> 씨×, 니×, ΦΦ, 방Φ, 조○○ 같은 것
> 나만 보면 욕을 한다
> 아내와 자식들을 모아놓고 화를 냈다
>
> 당신이 보는 TV와 유튜브에서 배웠겠지
>
> 새총을 꺼내 방아쇠를 당기기 일보 직전
> 아내가 옆집 할매에게 보내자 한다
>
> 시골 장터에서 샀는데
> 허공에 대고 몰래 했던 욕을
> 나만 보면 해댄다
>
> ―「부메랑」 전문

　"부메랑"이라는 제목에서 보듯이 남에게 한 욕이 자신에게 돌아오는 경위를 앵무새를 빌어 말하고 있다. 하찮은 새에게 욕을 듣는 심정이 오죽이나 부끄럽고 참담할까. 사람에게 한 욕을 흉내 내는 앵무새의 욕이 그 욕을 한 당사자에게 돌아오는 이치. 사람만도 못한 새가 사람의 말을 흉내 내며 욕설을 되돌려 주는 방식은 분명 사람의 말이 사람 사이에서 순환하는 과정을 닮았다. 화자는 이제 찌르는 듯한 말을 물리고 사랑의 말을 건네면서 이웃에게도 인사를 해본다. 가정 바깥의 타자적 존재들에게까지 마음을 기울여 보지만, 이 또한 만만찮은 일이다. 이웃에게서도 "더 이상 아무 말이 없"(「이웃」)는 상황이니 말이다. 엘리베이터에서 만나는 이웃에게 인사를 건넸으나 돌아오는 말이 없다. 독백을 한 격이 되어 기분이 머쓱해지는 건 아내에게 먼저 말을 건넸을 때와 별반 다르지 않다.

그렇더라도 시인이 「관심」에서 쓰고 있듯이 "선풍기의 고개가/ 도리도리 좌우로/ 골고루" 돌도록 하는 것이 가족을 포함하여 모든 타자를 향한 배려이리라. "정지 버튼을 누르고" 혼자 쾌적한 상황을 만드는 일은 혼자 사는 자나 할 일, 주변을 살펴 그 쾌적함을 서로 나누는 일은 더불어 사는 자가 할 일이다. 또한 자신 곁에 "빈 의자를 마련해 놓"고 언제나 누구든 다가들 수 있도록, 다만 "상처는 건드리지 않"(「마스크 KF-94」)기로 하면서 말이다. 화자가 진정 바라는 일은 가족사진의 "어두운 배경은/ 잘게 잘라/ 휴지통에 버"리는 것이다. "파란 하늘과 흰 구름이 떠 있고/ 꽃밭과 아담한 집이 있는 정원에/ 가족을 모아 붙"(「콜라주」)이는 일을 그는 하고자 한다.

3. 진정한 자아와의 만남

누구든 공평하게 단독자로 이 세계에 던져진다. 부모 슬하에서 성장기를 거치면서 아버지를 넘어서고자 할 때 비로소 사회에 나가 홀로 설 수 있다는 자신감도 생긴다. 세상의 아들들은 아버지 극복 후 아버지가 되며, 결혼과 출산, 양육의 시기를 지나면 다시금 부부만 남게 된다. 장인환 시인은 어린 시절의 추억담을 시작으로, 한 인간의 생애 곡선을 따라 일어날 법한 일들을 이 시집에 매우 세심하게 담아내고 있다. 부부가 한마음으로 키운 자녀가 성인이 되었을 때 문득 빈 공간이 생기고, 부부 사이를 부드럽게 매개해 주던 자녀가 그 자리에 없을 때 빈둥지 증후군을 앓기도 한다. 그러면서 이 세계에 홀로 던져진 자신을 다시금 자각하기에 이른다.

> 아름다운 꽃밭이 펼쳐지고 뒤로 보이는
> 쉼터에 가서 드러눕고 싶지만
> 바윗덩이 가슴에 담고
> 세상 속 동행자를 찾아보지만
> 한 명 한 명 왔다가 바라보고 사라진다
> 유창한 말도 사라진다
> 언제나 이 상황 끝이 나는지
> 기대하는 마음을 허공에 걸어둔다

늘 제자리다
오늘도 허허벌판에 하늘을 이고 서 있다
—「허수아비」부분

자아상을 "허수아비"라 지칭하는 화자의 마음은 지금 허공에 걸려 있는 듯 허하기만 하다. 마음의 거처를 자기의 몸이 아니라 허공으로 보고 있다. 홀로 선 채, 지나가는 사람들 중에서 "동행자를 찾아보지만" 누구나 왔던 걸음으로 그냥 뒤돌아선다. 기다림과 기대가 한낱 허수아비 같은 자신에게서 피어올랐다 사라질 뿐이다. 세상은 온통 "허허벌판"이고, 화자의 자리는 "늘 제자리"여서 기대가 먼 곳까지 이르지 못한다. "아름다운 꽃밭이 펼쳐"진다 해도, "뒤로 보이는/ 쉼터"가 있다 해도 자유의지 발산은 생각으로 그친다. 꿈을 꾸는 일마저 제한된다면서 화자는 한 인간에게 주어진 삶의 조건이 결정되어 버린 정황을 이야기한다. 그에게는 조건 결정론에 저항하기 어려운 조건이 있는데 언제나 제자리를 지켜야 한다는 점이다. 그의 이름은 다름 아닌 "아비"다.

위의 시는 앉아 있어도 누워 있어도 아비일 수밖에 없는 자의 애환을 이야기한다. "힘줄이 울퉁불퉁" 불거지고, "허리춤에 대검"을 찬 모습, "입은 굳게 다물고 쉼 없이 조잘대는 것을/ 듣는 귀"를 가진 그는 자신보다는 가족을 지킨다는 명분을 한시도 잊지 않는다. 앞에서부터 읽어온 대로 장인환 시는 장황한 레토릭을 동원하지 않고 솔직담백한 언어로 시적 상황을 구사한다. 아비로서, 남편으로서, 이웃으로서 애쓰는 모습이 애처로워 보일 만큼 그는 진정 어린 마음으로 타자를 대한다. 여성의 목소리가 우세한 최근의 시에서 아버지의 솔직한 목소리를 듣는 건 매우 희귀한 시 읽기 경험이다. 아픔도 상처도 눈물도 없을 것처럼 강인해 보이는 아버지의 애환을 읽으면서, 여성주의 시가 앞서가는 시대에 뒷전으로 밀려 버린 남성 시의 현주소를 보게 된다. 상대적 타자인 남성과 여성이 함께 어우러져 살아가는 세상의 조화로움을 위하여 장인환 시인이 용기 있는 목소리를 냈을 것이다. 이제 시인은 진정한 자아를 찾아 어린 시절로 돌아가고자 한다.

> 만지면 감촉이 좋은
> 목각인형
> 손때가 묻어서 군데군데
> 거무스름한 윤기가 돌지만
> 아직도 나무 냄새가 난다
>
> 분리된 조각을
> 이젠 설명서가 없어도
> 척척 맞추지만
> 어렸을 때의 상상 속처럼
> 살아 움직이지 않는다

아들도 가지고 놀지 않는
목각인형을 버려야 할까
가지고 있어야 할까
망설이다 버리기는 아까워
상자에 일기장과 함께
다시 보관해 둡니다.

나와 이야기를 나눌
어린 친구가 생기면
목각인형을 선물할 생각입니다
　　　　　　　　　　　　—「목각인형」 전문

　되새겨 읽을수록 의미의 진폭이 커지는 시다. 목각인
형, 일기장, 그리고 자신과 "이야기를 나눌/ 어린 친구"
라는 구절에 화자의 심리 지층이 형성되어 있다. 우리의
마음을 애잔하게 하는 이 시 한 편만으로도 장인환 시인
은 모든 말을 다 하고 있는 듯하다. 화자는 어린 시절의
친구였던 목각인형을 일기장과 함께 지금도 잘 보관하
고 있다. 자신과 이야기를 나눌 어린 친구가 생기기를
바라면서 그때까지 인형을 보관해 두겠다고 말한다. 아
이 시절로 돌아갈 수는 없을지라도 아이의 마음이 되어
혼잣말로라도 목각인형과 즐겁게 대화를 나눌 수 있는
세계를 꿈꾼다. 라캉에게 기대어 읽으면, 거울 속의 자
신을 타자로 인식하는 그 순간에 자아상도 알게 되는데

그는 이것을 이마고imago라 칭하면서 최초의 이마고를 타자 인식의 원리로 보았다. 요컨대 자아 인식과 타자 발견의 동시성에 의한 환상 형성이 그것이다. 이후 자아는 타자에 대한 환상을 끊임없이 갖게 된다.

위의 시에서 목각인형을 화자의 이마고로 보면 그가 이야기 상대로 어린 친구를 기다리는 이유를 짐작하기 어렵지 않다. 독백이 자신과의 대화인 것처럼 목각인형은 화자의 모습이 거울에 비친 자화상이라 할 수 있다. 그의 성장기에 대화 상대였던 목각인형이 사실상 화자의 독백 대상으로서 이마고라는 점에서, 성인이 된 지금도 그는 이 장난감을 버릴 수가 없다. 일기장을 버리지 않는 이유도 같은 맥락에서 이해가 가능하다. 일기의 독백체가 언어 기록물이라는 점과, 목각인형의 상像을 같은 지평에 놓고 볼 때 이는 고스란히 화자의 언어, 화자의 자화상을 대신한다. 지금 화자가 바라는 바는 최초의 자화상 같은 어린 친구와의 만남이며, 그와 사람의 말로 소통하고 싶다는 것이다.

그가 어린 친구를 기다리는 것은, 목각인형에게 했던 어린 시절의 말로써만 그 친구와 소통할 수 있다고 여기기 때문이다. 타자의 신비로움을 처음 알게 된 그 날에 자아상도 보았던 어린 시절의 화자, 그리고 목각인형이 생겼을 때부터 나누었던 많은 말들은 분명 독백체였으리라. 그때 맡았던 나무 냄새를 아직도 품고 있는 인형을 어린 친구에게 선물해 주고 싶다는 화자에게는 모든 것이 변한다 해도 불변하는 것이 있다. 자아는 타자성을 의식하면서부터 말로 소통하고자 한다는 것, 라캉의 언술대로라면, 주체가 형성되는 상징계에서는 주체들 간 상호작용에 어떤 식으로든 언어가 필요하다는 점이다. 첫 시집을 세상으로 내보내는 장인환 시인의 마음에 온 세상이 들어앉아 있을 것이다. 그리고 그 마음에 목각인형의 나무 냄새를 품은 듯한 한 어린아이가 있어 자신의 이야기를 들려주고 싶어 한다. 아무쪼록 아이처럼 투명하고 담백한 말로 소통하고자 하는 시심이 이후에도 내내 변하지 않기를 기대한다.

황금알 시인선